Gunter Preuß · Paule Enterhaken

Märchenschön
Ratteldatteldei
Die Reise
der Black Eagle

Gunter Preuß

Paule Enterhaken

Zeichnungen von Annette Swoboda

Loewe

Die Deutsche Bibliothek – CIP-Einheitsaufnahme

Preuss, Gunter:
Paule Enterhaken / Gunter Preuss.
Zeichn. von Annette Swoboda.
– 1. Aufl. – Bindlach : Loewe, 1995
(Lesekönig)
ISBN 3-7855-2772-1

Dieses Buch ist auf chlorfrei gebleichtem Papier gedruckt.

ISBN 3-7855-2772-1 – 1. Auflage 1995

Umschlagzeichnung: Annette Swoboda
Umschlagkonzeption: Funke-Frahm
Satz: DTP im Verlag
Gesamtherstellung: Westermann Druck Zwickau GmbH
Printed in Germany

Inhalt

Die Seeräuberinsel

Mitten im weiten, weiten Meer liegt die Insel Ratteldatteldei. Hier ragen jede Menge Palmen in den blauen Himmel. Auf Ratteldatteldei scheint fast jeden Tag die Sonne. Der Strand ist breit und mit goldenem Sand bedeckt. Und wenn man lange genug faul auf dem Rücken liegt, wachsen einem die Bananen und Apfelsinen direkt in den Mund.

Und doch ist diese Insel von aller Welt gefürchtet. Denn Ratteldatteldei ist ein berüchtigtes Seeräubernest.

Soeben läuft das Segelschiff *Black Eagle* in den Hafen ein. Paule Enterhaken, der Käpten der ganzen Bande, kehrt von großer Fahrt zurück. Er läßt die Kanonen donnern, daß sich selbst die Schwerhörigen die Ohren zuhalten.

Auf Paules Kommando brüllt die Mannschaft:

„Teufel, Tod und Hühnerschiet,
wir sind die Größten, wie man sieht!
Wir hauen, daß die Fetzen fliegen
und sich meterdicke Balken biegen!
Zickezacke, zickezacke, hei-hei-hei,
bei jeder Klopperei sind wir dabei!“

Von der Insel dröhnen den Heimkehrern Hurrarufe entgegen: „Unser Käpten Paule lebe hoch!"

Paule steht auf der Kommandobrücke und nimmt erfreut den Beifall entgegen. Er stößt die Faust in die Luft. Dann krault er sich zufrieden das Kinn. Den Bart hat der Käpten sich angemalt. Denn gewachsen ist ihm leider noch keiner.

Er ist eigentlich noch ein Kind, aber das hört er nicht gern. Manchmal beneidet er die Männer seiner Mannschaft. Er möchte auch zweieinhalb Meter groß sein wie Lulatsch. Und drei Zentner wiegen und einen gewaltigen Bauch haben wie Eduardo Fettsack. Die

vielen Narben von Eiskalter-Joe, der einmal Messerwerfer im Zirkus war, gefallen ihm auch. So fürchterlich zu schielen wie Glasauge wäre toll. Und schließlich wünscht er sich Schweinebackes eisgrauen, bis auf den Bauch fallenden Vollbart.

Paule Enterhaken sieht heimlich in den goldenen Taschenspiegel, den er immer bei sich hat. Denn ein bißchen eitel ist der Käpten auch – aber das muß ja keiner wissen. Na ja, Paule Enterhaken gefällt sich ansonsten ganz gut, um nicht zu sagen, er hat ganz und gar nichts an sich auszusetzen. Die rote Husarenuniform, die er bei einem Überfall erbeutet hat, schlakkert zwar an ihm herum, aber das macht fast gar nichts. Seine schwarzen Stiefel sind ihm zu groß. Das hat den Vorteil, daß er sich blitzschnell darin umdrehen kann. Im Kampf ist das oft sehr praktisch. Wenn er will, kann er sich darin sogar drehen wie ein Kreisel. Am breiten Ledergürtel hängt sein Türkensäbel, dessen Griff mit Edelsteinen verziert ist. Auf seinem Kopf sitzt würdevoll ein schwarzer Dreispitz voller goldener und silberner Orden, den vor ihm ein berühmter General getragen hat.

Paule schiebt seine hellen Locken unter den Hut. Er zieht die Stirn in Falten, wackelt mit den großen Ohren und rollt die meerblauen Augen.

„Okay", meint der Käpten. Er schiebt den Spiegel in die Hosentasche und sucht das Ufer nach Minke-Pinke ab. Sie ist seine Freundin. Die beiden kennen sich seit einer Ewigkeit und haben schon im Sandkasten miteinander Schiffeversenken gespielt.

Schweinebacke läßt den Anker auf Grund rasseln. Der Käpten und seine Mannschaft springen in ein Boot und rudern an Land.

Die Inselbewohner umarmen die Rückkehrer und

wollen wissen, wie groß die Beute ausgefallen ist. Eiskalter-Joe beginnt sogleich, von seinen Heldentaten zu prahlen, und zeigt jedem seine neueste Narbe. Eduardo Fettsack schließt seine dicke Julietta und seine dreizehn Kinder in die Arme und erzählt, daß er nur Kaviar gegessen, edlen Wein getrunken und mindestens einen halben Zentner zugelegt hat. Glasauge nimmt eine erbeutete Kiste voller bunter Glasaugen von den Schultern und knurrt: „Daß mir die keiner anrührt." Lulatsch rammt die Piratenflagge in den Sand.

„Wo ist denn Minke-Pinke?" ruft Paule Enterhaken ungeduldig. Sie ist doch sonst immer die erste, die ihn empfängt.

„Na, hier bin ich", ruft eine helle Stimme.

„Aber wo denn? Verdammt, dein Käpten ist da, und du versteckst dich, Minke-Pinke!"

„Hast du denn Quallen auf den Augen, Käpten! Sieh nach oben, Paule! Kalt, kalt – warm, warm – kalt, warm, heiß!“

Paule entdeckt Minke-Pinke auf einer Palme. Ihre großen schwarzen Augen sind nicht zu verwechseln. Überhaupt ist alles schwarz an ihr, vom Kraushaar bis zu den großen Zehen. Minke-Pinke trägt am liebsten weiße Sachen: lange Seglerhose, Pulli und Pudelmütze. Auf Schuhe verzichtet sie, obwohl Paule ihr schon neunundneunzig Paar mitgebracht hat. Schuhe sind ihr zu unbequem.

„Mensch, Minke-Pinke, spielst du Verstecken?“ fragt der Käpten ärgerlich. „Wir sind doch keine kleinen Kinder mehr.“

Minke-Pinke turnt von der Palme und landet mit einem Salto vor Paule Enterhaken.

„Beruhige dich, mein Alter. Ich habe doch nur ausgeschaut, wo du so lange bleibst.“

„Hast du mir auch die Filzschuhe angewärmt?“ fragt Paule. „Und ist Kakao gekocht und Bananenkuchen gebacken?“

Minke-Pinke knallt die Hacken zusammen und reißt die Hand an die Stirn. „Alles erledigt, Käpten!“

Paule Enterhaken und Minke-Pinke gehen in die Hütte des Käptens. Paule macht es sich im Schaukelstuhl gemütlich und berichtet von seinen Heldentaten. Seine Freundin schaut aus ihren kohlrabenschwarzen Augen bewundernd in Paules meerblaue Augen. Oh, là, là, das tut selbst dem wildesten Seeräuber gut.

Die geheimnisvolle Muschel

Paule Enterhaken ist nun schon wieder ein paar Tage auf Ratteldatteldei. Er ist absolut zufrieden. Minke-Pinke ist immer in seiner Nähe und verwöhnt ihn mit ihren Kochkünsten: Sie kann Eier kochen und braten, und außerdem kann sie auch noch Rührei zubereiten.

Paule hat seinen Schaukelstuhl an den Strand tragen lassen. Da schaukelt der Käpten nun, läßt die Sonne auf seinen Dreispitz brennen und sieht aufs Meer, wo die *Black Eagle* vor Anker liegt. Sein Mund ist kakao-

verschmiert. Einmal pro Stunde sieht er in den Taschenspiegel, um zu prüfen, ob ihm etwa schon die ersten Barthaare am Kinn sprießen. Und damit die Mannschaft nicht einrostet, kommandiert Paule Enterhaken sie bei der Gesundheitsgymnastik: „Hüpfen, hüpfen, ihr lahmen Tintenfische! Rumpf beugt! Tiefer, Eduardo Fettsack! Und nun an die Hände fassen, und hoch das Bein! Eins und zwei, eins und zwei! Schweinebacke, das Bein, hab' ich gesagt, nicht den Arm! Glasauge, Mann, wo siehst du denn wieder hin! Hier bin ich! Eiskalter-Joe und Lulatsch, haut euch die Fäuste um die Ohren, daß es nur so knallt!"

Die Gesundheitsgymnastik schauen sich alle Inselbewohner an. Bei den Faustkämpfen wetten sie, wer wohl Sieger wird. Sie wedeln sich mit Palmenzweigen Kühlung zu, trinken Honigbier und füllen ihre Dickbäuche mit gezuckerten Pfannkuchen mit Senffüllung. Die Ratteldatteldeier tragen alle die feinsten Sachen: die Männer schwarze Anzüge mit Schlips und weißem Kragen, Lackschuhe, Uniformen, die Frauen seidene Abendkleider und Stöckelschuhe. Und alle sind sie mit jeder Menge Gold und Silber behängt.

Den Ratteldatteldeiern geht es auf ihrer Insel fast so gut wie im siebten Himmel, wo das Glück im Überfluß zu haben sein soll. Ihr Käpten Paule Enterhaken bringt ihnen von seinen Raubzügen die feinsten Sachen mit. Manch einer hat sich im Haus den Fußboden mit Goldstücken gepflastert und die Wände mit Tausendmarkscheinen tapeziert.

Der Höhepunkt nach jeder Rückkehr des Käptens ist die Verteilung der Beute. Paule Enterhaken läßt von Eduardo Fettsack mit Donnerstimme ausrufen:

„Komm' Se rüber, komm' Se ran,
wer vorne steht, kommt eher dran!
Lauft, Leute! Verdammt, nun rennt!
Seid selbst schuld, wenn ihr verpennt!
Was ihr nicht braucht,
das laßt nur liegen,
die andern sollen auch was kriegen!"

Die Ratteldatteldeier balgen sich um die schönen Sachen. Der Käpten und seine Mannschaft lachen, daß es klingt wie Kettengerassel und Böllerschüsse.

„Schluß jetzt!" ruft Paule. „Alles übrige wird verpackt und geht mit der nächsten Flaschenpost an die Armen in alle Welt! So wie sich das für christliche Seeräuber gehört!"

„Und ich?" fragt Minke-Pinke. „Was kriegt meine Wenigkeit? Was hast du mir mitgebracht, Paule?"

Minke-Pinkes große Augen blicken gespannt auf ihren Freund. Ihre weißen Zähne blitzen aus ihrem schwarzen Gesicht.

„Tja", sagt Paule, schiebt sich den Dreispitz in die Stirn und reibt sich das Kinn. „Kotzverdammich!"

„Was sagtest du, mein Liebster?" fragt Minke-Pinke. „Hast du etwa vergessen, mir etwas Schönes mitzubringen?"

Minke-Pinke dreht sechsmal ihre Pudelmütze auf ihrem Kopf, dreimal nach links, dreimal nach rechts. Das bedeutet, es zieht ein Donnerwetter auf.

Paule beteuert eilig: „Dich vergessen? Ich doch nicht. Klar habe ich dir was mitgebracht, liebe Minke-Pinke."

„Ja was denn, liebster Paule?" fragt Minke-Pinke zuckersüß. Paule Enterhakens Kinn glüht vom vielen Reiben. „Tja, was denn, was denn?" ruft Paule und sieht verzweifelt zu seiner Mannschaft. Aber die Seeräuber grinsen nur, zucken mit den Schultern und verstecken sich hinter ihrem Kapitän. Wenn Minke-

Pinke wütend wird, ist es besser, man macht sich aus dem Staub.

„Ich wußte es doch“, sagt Minke-Pinke. „Du verdammter Kerl hast wieder mal nicht an meine Wenigkeit gedacht.“

„Doch“, beharrt Paule. „Ich hab' an dich gedacht.“

„Hast du nicht!“

„Hab' ich doch!“

„Nicht ein bißchen hast du an mich gedacht!“

„Und wie ich an dich gedacht habe!“

Minke-Pinke blitzt mit ihren weißen Zähnen und rollt ihre schwarzen Augen. Sie ruft: „Na, dann beweise es doch! Zeig her, was du mir mitgebracht hast!“

Immer mehr Ratteldatteldeier kommen dazu. Paule durchwühlt seine vielen Taschen. Es kommen zum Vorschein: ein Kugelgeduldspiel, der Weisheitszahn eines Gegners, den er im Kampf besiegt hat, zwei nur einmal benutzte Kaugummis, ein getrocknetes Seepferdchen und eine schwarze Locke, die Minke-Pinke ihm geschenkt hat.

Minke-Pinke schimpft: „Gar nichts hast du mir mitgebracht! Ganz und gar nichts! Sozusagen nicht einmal nichts! Das nächste Mal nimmst du mich aber mit auf große Fahrt! Damit du mich nicht wieder vergißt!“

„Fang nur nicht wieder damit an!“ schreit Paule. „Röcke haben an Bord der *Black Eagle* nichts zu suchen!“

„Ich besitze überhaupt keinen Rock!“ schreit Minke-

Pinke zurück. „Siehst du denn nicht, daß ich die Hosen anhabe?“

Der Streit zwischen dem Käpten und seiner Freundin wird heftiger. Die Zuschauer rücken näher heran. Die einen feuern Paule an, die anderen Minke-Pinke.

„Jetzt will ich dir mal was sagen!“ schreit Paule Enterhaken. „Du bist ein völlig durchgedrehtes Wasserhuhn, Minke-Pinke! Und wenn du so weitermachst, werfe ich dich den Fischen zum Fraß vor!“

„Und du bist kein Seeräuber, Paule Enterhaken, sondern ein Badewannenkapitän! Und wenn du nicht sofort still bist, lass' ich dich an meinem ausgestreckten Arm verhungern!“

Paule wird weißer als der weiße Hai. Seine Seeräuberehre steht auf dem Spiel. Die ganze Mannschaft

lacht über ihn, alle Ratteldatteldeier. Diese Frechheiten des schwarzen Wasserflohs kann er nicht länger hinnehmen. Minke-Pinke steht breitbeinig vor ihm. Sie dreht fortwährend ihre Pudelmütze auf dem Kopf. „Na, komm schon!“ ruft sie. „Oder bist du zu feige zum Kämpfen?“

„Ich – und feige?“ Jetzt vergißt Paule Enterhaken sogar, daß er fast ein Mann und Minke-Pinke ein Mädchen ist. Der Käpten bestimmt Glasauge zum Ringrichter und läßt sich von Schweinebacke aus der Jacke helfen.

„Ring frei zur ersten Runde!“ ruft Glasauge, der mit dem Rücken zu den Kämpfern steht. Paule Enterhaken springt zum Aufwärmen vor Minke-Pinke herum. Der Käpten ist im Boxen Federgewichtsmeister der Insel Ratteldatteldei.

„Du kannst noch aufgeben, Minke-Pinke!“

„Ich geb' doch nicht auf!“ ruft Minke-Pinke zurück. Und ehe Paule Enterhaken sich versieht, liegt er im Sand. Denn seine Freundin ist nicht nur schokoladenbraun und zuckersüß, sie ist auch flink wie ein Baumhörnchen und trainiert Karate und Kickboxen.

„Das war Beschiß“, flucht Paule. „Ich hab' ja noch nicht mal zum Schwinger ausgeholt.“

„Kein Beschiß“, entgegnet Minke-Pinke. „Du hast nur verloren.“

„Nie und nimmer! Ich verliere nie!“

„Warum liegst du dann unter mir? Und meine Wenigkeit sitzt auf dir?“

Während Paule Enterhaken und Minke-Pinke sich streiten, teilen sich auch die Zuschauer in zwei Lager. Die einen schreien: „Beschiß!“ Die anderen rufen: „Kein Beschiß!“ Und schon fliegen die Fäuste. Und im Nu ist eine wilde Keilerei im Gange. Die Affen sitzen auf den Palmen, klatschen und rufen: „Uu! Uu! Uu!“

Paule Enterhaken stöhnt. Er liegt auf etwas Hartem. Als Minke-Pinke von ihm abläßt, zieht er eine große Muschel unter seinem Rücken hervor. Sie schillert in allen Farben. Paule erinnert sich, daß er sie auf einer fernen Insel gefunden und in seine Hosentasche gesteckt hat. Er sagt: „Und doch war's Beschiß. Denn ich hab' dir ein Geschenk mitgebracht: diese Muschel.“

„Oh, danke“, sagt Minke-Pinke. „Mann, ist die schön. Tut mir leid, Paule, daß ich dich aufs Kreuz gelegt habe.“

Auf einmal hört der Käpten eine feine Stimme aus der Muschel: „Paule Enterhaken ... Paule Enterhaken ...“, ruft sie.

Paule fragt: „Mensch, Minke-Pinke, hast du das gehört?“

„Ich höre nur, wie deine Seeräuber einander auf die Hohlköpfe schlagen.“

„Ruhe, kotzverflucht!“ schreit Paule, und augenblicklich herrscht absolute Stille am Strand. Paule nimmt Minke-Pinke die Muschel wieder aus der Hand und drückt sie an sein Ohr.

„Öffne die Muschel. So öffne sie doch“, sagt die feine Stimme.

Unser Käpten spinnt

„Beim tausendarmigen Tintenfisch!“ flucht der Käpten. „Ich glaube, ich spinne.“

„Das ist nichts Neues“, sagt Minke-Pinke. „Warum spinnst du denn diesmal?“

Die Ratteldatteldeier sehen zu, wie ihr Käpten mit seinem Säbel die Muschel öffnet.

Auf dem Muschelfleisch liegt wie auf einem orangefarbenen Seidenkissen eine wundervolle weiße Perle.

„Ohhhhooo!“ staunen die Ratteldatteldeier.

„Na, das ist ein Volltreffer!“ Minke-Pinke klatscht vor Freude in die Hände. „Die weiße Perle paßt einwandfrei an mein schwarzes Ohr. Also manchmal kannst du verdammt lieb sein, Paule.“

Minke-Pinke nimmt vorsichtig die Perle aus der Muschel – aber da wird sie ihr von Paule wieder aus der Hand gerissen.

„Die Perle gehört mir!“ schreit er.

„Was hört denn da meine Wenigkeit?“ fragt Minke-Pinke empört. „Du hast sie mir geschenkt!“

„Die Muschel schenke ich dir! Aber nicht die Perle!“

„Die Muschel kannst du dir an deinen blöden Dreispitz stecken, du Badewannenkapitän! Du bist ein ganz gemeiner Kerl, Paule Enterhaken! Ein Lügner!“

„Wenn du nicht sofort Ruhe gibst, Minke-Pinke, lass' ich dich zu den Schweinen sperren!“

Minke-Pinke dreht ihre weiße Pudelmütze auf ihrem schwarzen Kopf und ruft in alle Himmelsrichtungen: „Ich, Minke-Pinke, habe den Lügner Paule Enterhaken in der ersten Runde aufs Kreuz gelegt!“

Der Käpten will ihr den Mund zuhalten, aber Minke-Pinke beißt zu wie eine Löwin. Paule schreit vor Schmerz und befiehlt: „Abführen und einsperren!“

Die ganze Mannschaft ist nötig, um Minke-Pinke zu überwältigen. Sie schreit noch aus dem Schweinestall, daß Paule ein Betrüger und auf keinen Fall mehr ihr Freund ist.

„Mit uns ist Schluß!“ ruft Minke-Pinke. „Aus und vorbei ist es! Endgültig! Für immer und ewig!“

Oh, Bella Donna!

Paule springt in ein Boot und rudert zu der unbewohnten kleinen Felseninsel, die dem Hafen vorgelagert ist. Dort, auf der Spitze des Felsens, wo die drei Palmen stehen, ist sein Lieblingsplatz. Hier plant er sonst in aller Ruhe seine Raubzüge.

Heute will er hier nur alleine sein. Er setzt sich unter eine Palme und öffnet seine Hand. Sogleich beginnt die Perle zu strahlen. Er hört leise Geigenklänge. Und die feine Stimme spricht wieder zu ihm. Sie seufzt: „Ach, Paule Enterhaken ...“

„Beim weißen Hai, wer spricht denn da?“ fragt er.

„Ich bin es, Bella Donna.“

„Bella Donna? Was ist denn das?“

„Bella Donna heißt schöne Frau, Paule Enterhaken.“

Der Käpten ist völlig verwirrt. „Woher kennst du mich, Bella Donna?“

Da lacht es aus der Perle, als würden silberne Glöckchen läuten. Und die Stimme sagt: „Den gefürchteten Seeräuberkapitän Paule Enterhaken kennt doch jeder.“

Paule streichelt sich geschmeichelt das Kinn und nickt. „Zeig dich doch mal, Bella Donna, wenn du so schön bist.“

In der Perle erscheint das schönste Mädchengesicht, das Paule je gesehen hat. Es ist schneeweiß, hat kirschrote Lippen, himmelblaue Augen und lange goldblonde Haare.

Bella Donna lächelt Paule an, so daß das Herz in seiner Brust ins Schlingern kommt und ihm ganz schwindlig wird. Und dabei fühlt er sich wohl wie nie zuvor. Er seufzt: „Oh, Bella Donna!“

Das Gesicht des schönen Mädchens verblaßt.

„Bleib doch da!“ ruft Paule. „Ich muß dir was sagen!“

Der Käpten weiß selbst nicht, was er der Schönen sagen will. Am liebsten würde er ein Lied für sie singen. Aber er kennt nur welche, in denen Kanonen donnern, Säbel rasseln und Blut wie rote Tinte spritzt.

Als Paule Enterhaken auf die Insel Ratteldatteldei zurückkehrt, wartet Minke-Pinke am Strand auf ihn. Sie ist aus dem Schweinestall ausgebrochen und hofft, daß ihr Freund sich bei ihr entschuldigt und ihr doch noch die Perle schenkt. Sie sieht auf den ersten Blick, daß Paule völlig verändert ist: Er trägt eine Orchideenblüte im Knopfloch seiner Husarenuniform, auf seinem sonst grimmigen Seeräubergesicht ist ein honigsüßes Lächeln, und seine rechte Hand liegt auf seiner linken Brustseite, als fürchte er, sein Herz zu verlieren.

„Was ist denn mit dir passiert?“ erkundigt sich Minke-Pinke besorgt.

Paule Enterhaken antwortet nicht. Er scheint sie überhaupt nicht zu sehen.

„Bist du krank?" will Minke-Pinke wissen. „Hast du Bauchgrimmen, Keuchhusten oder Heuschnupfen?"

Paule antwortet nicht. Er geht mit wippenden Schritten über den Strand und summt vor sich hin. Die Melodie ist Minke-Pinke völlig unbekannt.

„Vielleicht hast du einen Sonnenstich, Paule. Hast du wieder einmal in der prallen Sonne deinen komischen Hut abgesetzt?"

Da entdeckt Minke-Pinke die Perle in Paules Hand, und sie fragt sich, ob die Veränderung ihres Freundes damit zusammenhängt.

Der Käpten klettert auf die höchste Palme und schaut sehnsüchtig hinaus aufs weite Meer. Tag und Nacht bleibt er da oben sitzen.

Die Ratteldatteldeier schütteln die Köpfe und sehen einander verständnislos an. Doc Eisfuß, der Zähne zieht, Blinddärme herausnimmt und abstehende Ohren anlegt, klettert auf die Palme und untersucht den Käpten gründlich.

„Kerngesund", meint Doc Eisfuß, als er wieder zwischen den Ratteldatteldeiern auf festem Boden steht. „Nur das Herz klopft verflucht schnell. Aber das ist bei einem Seeräuber nicht unnormal."

Die Mannschaft beginnt zu murren, sie will von ihrem Käpten Befehle haben.

Eduardo Fettsack meint: „Ich werde vom Nichtstun immer fetter. Bald platze ich."

Lulatsch gähnt, daß sich die Palmen biegen, und Eiskalter-Joe sehnt sich nach ein paar neuen Narben.

Glasauge spielt gelangweilt mit seinen Glasaugen Murmeln, und Schweinebacke bringt seinen lockigen Vollbart mit Kokosfett zum Glänzen.

„Geht mir nicht auf den Geist, Männer", ruft Paule von der Palme. „Haut euch die Fäuste um die Ohren, damit ihr in Form bleibt."

Die Perle liegt warm in Paules Hand. Manchmal hält er sie an sein Ohr. Nichts. „Bella Donna, he, hallo, schöne Dame! Laß dich doch noch einmal sehen! Nur ein einziges Mal!"

Aber das wunderschöne Mädchengesicht zeigt sich nicht mehr, trotzdem ist es ihm, als riefe die feine Stimme aus der Muschel:

„Suchst du mich,
find' ich dich.
Bist du bei mir,
bleib' ich bei dir.
Du bist mein,
und ich bin dein.
Zu zweit ist man nie allein."

„Wo soll ich dich denn suchen, Bella Donna?" fragt Paule. Aber er bekommt keine Antwort. Und vor ihm liegt das Meer, tiefblau, so weit, schier unendlich. Und irgendwo da draußen muß das schöne Mädchen sein.

Auf großer Fahrt

Minke-Pinke steigt aus Sorge um ihren Freund auf die Nachbarpalme. Sie hört, wie Paule Enterhaken immerzu mit jemandem spricht, obwohl doch niemand da ist. Seltsam.

„He du, Paule“, beginnt Minke-Pinke vorsichtig. „Kann ich dir vielleicht helfen, Junge?“

Paule sieht seine Freundin an, als würde er sie nicht kennen. „Mir kann keiner helfen.“

„Wo tut's denn weh, Paule?“

Der Käpten tippt auf seine Brust, wo das Herz sitzt.

„Sag doch, was los ist. Du weißt, ich kann gut zuhören.“

Paule Enterhaken erzählt von diesem einmalig schönen Mädchen, das ihm aus der Perle entgegengeblickt hat. „Irgendwo in der weiten Welt wartet Bella Donna auf mich“, sagt Paule. „Wenn ich nur wüßte, ob ich wach bin oder träume.“

Nun hat auch Minke-Pinke Herzschmerzen, denn jetzt weiß sie Bescheid: Ihr Freund Paule Enterhaken hat sich in ein anderes Mädchen verliebt!

Am liebsten würde sie ihre Pudelmütze auf Sturm stellen und mächtig toben. Aber das würde nichts nützen. Das weiß sie aus eigener Erfahrung: Gegen die

Liebe ist man machtlos. Sie schmeckt süßer als Himbeereis und kann schlimmer sein als Bauchgrimmen.

Paule Enterhaken magert von Tag zu Tag mehr ab. Obwohl Minke-Pinke ihm die süßesten Puddings kocht und die größten Eier brät, ißt er keinen Bissen. Der Junge ist nicht mehr von seiner Palme herunterzubekommen. Er murmelt nur immerzu „Oh, Bella Donna!“ vor sich hin.

Die Mannschaft steht kurz vor einer Meuterei. Schweinebacke wollte schon immer gern Käpten der Seeräuber sein. Er meint: „Den Paule können wir doch in eine Flaschenpost verpacken und ins Meer schmeißen.“

Lulatsch erklärt: „Der Käpten hat bestimmt die Motten in der Birne. Der wird's nicht mehr lange machen.“

„Hauen wir ihm doch vorher eins auf die Rübe, damit er sich nicht so lange quälen muß.“

Glasauge ist mit allem einverstanden, wenn es nur bald wieder aufs Meer geht und er ein Handelsschiff mit einer Ladung Glasaugen kapern kann.

Nur Eduardo Fettsack mahnt zur Besonnenheit. Er würde nämlich ganz gern noch ein Weilchen an Land bei seiner dicken Julietta und seinen dreizehn Kindern bleiben.

Minke-Pinke muß sich schnell etwas einfallen lassen, sonst ist Paule Enterhaken nur noch ein Strichmännlein, das jeder Windhauch sofort umpustet.

Minke-Pinke nimmt sich Paule auf der Palme ganz gehörig vor. Sie sagt ihm, daß er hier oben nicht herumhängen kann wie ein nasses Segel. Wenn ihn Bella Donna so sehen könnte, würde sie ihn ganz schnell vergessen.

„Du mußt kämpfen, Paule“, fordert Minke-Pinke. „Und wenn man was finden will, muß man es suchen. Also bewege deine müden Knochen, mein Alter.“ Sie bläst dem Freund frischen Wind hinter die großen Ohren.

Und tatsächlich erwacht der Käpten zu neuem Leben. Er steigt von der Palme, nimmt ein Bad und läßt sich von Minke-Pinke den Kinnbart neu anmalen. Mit beiden Händen zieht er sich den Dreispitz in die Stirn. Säbelrasselnd tritt er vor seine Mannschaft und brüllt: „Kotzverflucht! Im Handumdrehen ist die *Black Eagle* seetüchtig! Bereitet euch auf eine weite Reise und viele Seeschlachten vor!“

„Hurra!“ schreien die Ratteldatteldeier. „Es lebe unser Käpten Paule Enterhaken!“

Schon am nächsten Morgen ist der Dreimaster zum Auslaufen bereit. Diesmal besteht Minke-Pinke darauf mitzusegeln. Die Mannschaft murrt: „Keine Röcke an Bord!“

„Maul halten“, braust Minke-Pinke auf. „Entweder ihr nehmt mich mit, oder ich puste euch mit der Kanone von Deck!“

Nun, Minke-Pinke ist alles zuzutrauen, und so schweigt die Mannschaft.

„Na schön“, meint der Käpten und streicht sich über das Kinn. „Minke-Pinke soll unser Schiffsjunge sein.“

Eiskalter-Joe holt den Anker ein. Schweinebacke spielt auf der Mundharmonika die Seeräuberabschiedsmelodie. Lulatsch pfeift dazu durch seine drei Zahnlücken. Eduardo Fettsack winkt mit seinem handtuchgroßen Taschentuch und vergießt einen Liter Abschiedstränen. Glasauge steht am Ruder und steuert die *Black Eagle* hinaus aufs Meer.

Die Suche nach Bella Donna

Kreuz und quer steuert Glasauge die *Black Eagle* durch die Weltmeere. An vielen vollbeladenen Handelsschiffen segeln sie vorbei, ohne daß der Käpten das Kommando zum Überfall gibt.

Paule Enterhaken sitzt zwischen Himmel und Erde im Ausguck und starrt in die Ferne. Er hält sich die Hand mit der weißen Perle ans Ohr und lauscht.

Die Männer lungern auf Deck herum, trinken Tomatensaft und rülpsen, daß es übers Meer schallt. Sie blasen ihre Kaugummis zu Ballongröße auf und spielen Schafkopf und Mensch, ärgere dich nicht.

„Wozu bin ich denn Seeräuber, wenn ich nicht mit meinem Buttermesser werfen kann?" fragt Eiskalter-Joe.

„Wenn ich schon der Größte bin, dann will ich's auch allen zeigen", mault Lulatsch.

„Ich will auf einen Hieb sieben Mann ungespitzt durch die Schiffsplanken schlagen, sonst hab' ich gar keinen Hunger mehr", murrt Eduardo Fettsack. „Zum Frühstück verdrücke ich ja nicht einmal mehr zwei Dreipfundbrote."

„Ich muß endlich wieder mal eine Kiste mit Glasaugen erbeuten“, jammert Glasauge. „Der Käpten kann mich doch nicht einfach im dunkeln stehen lassen.“

„Ich wette meinen erstklassigen Bart gegen ein elendes Kahlkinn, daß der Käpten Promibi hat“, erklärt Schweinebacke. „Bei Warzenwilli hat's auch so angefangen, und dann ist er unter die Affen gegangen.“

Die Männer nicken. Promibi ist eine schleichende Erkrankung und heißt: „Probleme mit der Birne“.

Minke-Pinke stellt sich vor die Mannschaft und sagt streng: „Wenn jemand Promibi hat, dann seid ihr es, ihr Schwachköpfe. Ihr könnt doch nicht mal drei und drei zusammenzählen.“

Minke-Pinke geht wie ein General vor den Männern auf und ab. Schließlich bleibt sie stehen und sagt: „Na, da will meine Wenigkeit euch mal aufklären: Euer Käpten ist verliebt. In eine schöne Dame. In Bella Donna. Hat jemand was dagegen?"

Eduardo Fettsack sieht die anderen an, zuckt mit den mächtigen Schultern und sagt vorsichtig: „Wir haben eigentlich nichts dagegen. Wenn du nichts dagegen hast, Minke-Pinke?"

„Ich?" fragt Minke-Pinke. „Was sollte ich denn dagegen haben? Ich doch nicht."

Sie dreht sich von den Seeräubern weg, wischt sich ein paar Tränen von der Nasenspitze und zeigt der Mannschaft ein lachendes Gesicht.

„Verliebt", sagt Schweinebacke und kämmt seinen Bart mit einer Drahtbürste. „Das ist ja noch schlimmer als Promibi. Da kommen verrückte Zeiten auf uns zu."

„Ach was", sagt Minke-Pinke. „Nur Mut, Männer. So schlimm wird's schon nicht werden. Dafür wird meine Wenigkeit sorgen."

Sie blickt besorgt zur Mastspitze. Aber Paule sitzt und sitzt im Ausguck wie ein brütender Vogel. Der Käpten kann einem schon Sorgen machen.

Glasauge steuert die *Black Eagle* durch Wind und Wellen hierhin und dorthin, vor und zurück, geradeaus und im Kreis. Schließlich weiß keiner mehr, wo steuerbord und wo backbord ist. Und der Dreimaster segelt schnurstracks in eine schwarze Gewitterwolke hinein.

Minke-Pinke behält einen kühlen Kopf

Plötzlich ist es Nacht auf dem Meer. Nach ein paar Sekunden der Stille beginnt es zu blitzen und zu donnern, daß den Seeräubern die Ohren schlackern. Ein Sturm wirft die *Black Eagle* wie ein Papierschiffchen in tiefe Wellentäler und auf spitze Wellenberge. Das Schiff schlingert. Die gesamte Mannschaft hat sich unter das Segeltuch verkrochen und betet, daß der Kahn nicht absäuft.

„Hilfe, wir können doch nicht schwimmen!“

Minke-Pinke hat sich am Großmast vertäut. Sie wölbt die Hände vor dem Mund und ruft zum Ausguck hinauf: „Heahooo! Mensch, Käpten, willst du dich denn nicht um dein Schiff kümmern?“

Aber Paule hört weder das Gewitter noch Minke-Pinke. Er denkt nur an Bella Donna. Wo er sie wohl finden könnte? Ob er nach Süden, Westen, Norden oder Osten segeln muß?

Aber die Schöne singt nur immerzu Liebeslieder, daß es Paule heiß und kalt den Rücken herunterläuft:

„Liebst du mich,
lieb’ ich dich.
Schenk mir dein Herz,
bekommst meins dafür.
Lieb’ ich dich,
liebst du mich.“

Und der Seeräuber Paule Enterhaken wird zum Dichter und ruft in alle Himmelsrichtungen:

„Tausend Grüße,
meine Süße,
schick' ich dir
von hier.
Ich liebe dich,
trotz Sonnenstich."

Der Junge ist völlig hinüber, denkt Minke-Pinke. Miaut wie ein verliebter Kater, und die *Black Eagle* geht jeden Moment auf Grund. Die Haie werden sich freuen, wenn sie was zwischen die Goldzähne kriegen. Fein, so was. Ganz großartig.

Minke-Pinke bindet sich vom Mast los. Ihr gelingt es, zum Steuerruder zu robben. Endlich hält sie es fest in den Händen. Und die *Black Eagle* muß ihr gehorchen, nicht dem Sturm und den Wellen.

Als Minke-Pinke das Schiff aus dem Unwetter herausmanövriert hat, kommt die Mannschaft unterm Segeltuch hervorgekrochen. Die Männer lachen verlegen und drehen Däumchen, bis Eduardo Fettsack sagt: „Nicht ganz schlecht für einen Schiffsjungen. Natürlich hätte man noch einiges besser machen können. Aber für den Anfang wirklich ganz gut."

„Wir wollten nur mal prüfen, was du so drauf hast, Minke-Pinke", erklärt Eiskalter-Joe.

Glasauge meint: „Jetzt kannst du mich wieder ans Steuer lassen, Schiffsjunge. He, mach Platz!"

„Mach uns einen stocksteifen Grog, Minke-Pinke", verlangt Lulatsch. „Ich bin kalt und starr wie ein Eiszapfen."

„Und dann sorgst du für Ordnung, Schiffsjunge. Klar Schiff. Verstanden", befiehlt Schweinebacke.

Minke-Pinke läßt ihre weiße Pudelmütze auf ihrem schwarzen Kopf Karussell fahren. Sie brüllt: „Nehmt Haltung an, ihr Schwächlinge! Solange der Käpten Promibi hat – ich meine, solange er verliebt ist –, wird meine Wenigkeit das Kommando führen! Wegtreten, Segel hissen und voll in den Wind!"

Minke-Pinke zieht die Piratenflagge auf, die Julietta aus den langen Unterhosen von Eduardo Fettsack genäht hat. Nun flattert die schwarze Fahne mit dem weißen Totenkopf im Wind, und selbst die Haie schwimmen eilig davon.

Endlich wieder ein Überfall

Am nächsten Morgen, noch bevor sich die Männer aus den Kojen gewälzt haben, dröhnt schon Minke-Pinkes Kommandostimme: „Die müden Knochen in Bewegung gesetzt, Männer! Schiff voraus! An die Kanonen, Piraten!“

Die Mannschaft stolpert verschlafen an Deck und gähnt. „Klappe zu!“ befiehlt Minke-Pinke, „und Feuer aus allen Rohren!“

Die Kanonen wummern. Aber von dem anderen Schiff wird fleißig zurückgeballert. Die Eisenkugeln fliegen hin und her und platschen neben den Schiffen ins Wasser.

„Bist du denn blind, Glasauge?“ schreit Minke-Pinke. „Du schießt ja immer daneben!“

„Wir müssen erst Zielwasser trinken“, murrt Eiskalter-Joe. Und eine Buttel voll Rum geht von Mund zu Mund.

Minke-Pinke steuert die *Black Eagle* neben die *Santa Maria*. „Fertigmachen zum Entern!“ Jetzt krachen die Planken der Schiffe gegeneinander. Die Seeräuber springen an Bord der *Santa Maria*. Eiskalter-Joe haut mit seinem Buttermesser Löcher in die Luft. Lulatsch wickelt Freund und Feind in sein Fischernetz ein.

Schweinebacke schießt mit seiner Schleuder Knallerbsen auf Mann und Maus. Eduardo Fettsack spannt seinen tonnengroßen Bauch an und stößt seine Gegner von Deck. Und Glasauge verschüttet einen Sack voller Glasaugen, so daß alle ausrutschen und hinfallen.

Der Kampf wogt hin und her. Die Besatzung der *Santa Maria* ist nicht von Pappe und weiß sich zu wehren. Obwohl Minke-Pinke gleich drei Mann mit einem Karategriff aufs Kreuz legt, steht es von Minute zu Minute schlechter um die Seeräuber. An Eduardo Fettsack hängen zehn Matrosen. Er keucht wie eine alte Dampflok und ist kurz vorm Umfallen. Glasauge ist auf seinen eigenen Glasaugen ausgerutscht und schlittert von backbord nach steuerbord und zurück. Lulatsch hat sich in seinem Fischernetz verheddert. Das Buttermesser von Eiskalter-Joe ist verbogen wie ein Korkenzieher. Und Schweinebacke ist die Munition für seine Schleuder ausgegangen.

Nun schreit die Mannschaft nach dem Käpten. Minke-Pinke ruft: „Wenn du jetzt nicht hilfst, Paule Enterhaken, machen die Matrosen dich einen Kopf kürzer! Dann siehst du vor deiner Bella Donna ziemlich alt aus."

Der Käpten ist von dem Geschrei endlich aus seinen Liebesträumen erwacht. Er sieht auf das wüste Getümmel und erschrickt. Seine berühmte Mannschaft ist kein getrocknetes Seepferdchen mehr wert.

Da springt Paule vom Ausguck der *Black Eagle* auf das Deck der *Santa Maria*. Mit der einen Hand schwingt er seinen Enterhaken, mit der anderen haut er den Türkensäbel um sich. Und in seinen großen Schuhen dreht er sich so schnell, daß ringsum seine Gegner vor Schreck in Ohnmacht fallen.

Minke-Pinke freut sich: Das ist wieder ganz der alte

Paule Enterhaken, Käpten des weltweit gefürchteten Seeräuberschiffs *Black Eagle*!

Nun fassen auch die Seeräuber neuen Mut. Mit frischer Kraft stürzen sie sich ins Kampfgetümmel. Der Widerstand der Besatzung der *Santa Maria* ist jetzt schnell gebrochen. Nun liegen alle auf dem Rücken und schnappen nach Luft.

„Ergebt ihr euch?“ fragt Paule Enterhaken.

„Aber klar doch!“ ruft die Besatzung der *Santa Maria* im Chor.

„Na, dann ist ja alles im Lot“, sagt der Käpten und läßt die Ladung des Handelsschiffes an Bord der *Black Eagle* bringen. Als das Piratenschiff abdreht, ruft Paule Enterhaken zur *Santa Maria* hinüber: „Ahoi, ihr Garteneichmatrosen! Gute Fahrt, bis zum nächsten Mal!“

Und Eduardo Fettsack läßt noch einmal die Kanonen donnern.

Die Suche geht weiter

Eigentlich könnte Minke-Pinke ganz zufrieden sein. Sie ist an Bord und auf hoher See. Das Seeräuberleben ist ganz nach ihrem Geschmack. Heute hier, morgen da. Immer weht ihr frische Seeluft um die Nase. Die Sonne strahlt hell und warm. Und wenn es mal stürmt, zieht sie sich die Pudelmütze etwas tiefer in die Stirn.

Wenn nur diese Bella Donna nicht wäre. Obwohl niemand weiß, wo sie steckt, ist sie doch immer bei allem dabei. Minke-Pinke muß Paule nur in die Augen sehen, und sie weiß, daß die schöne Dame sein Herz besitzt.

Nun, zunächst hat Minke-Pinke ihren Freund zumindest wieder aus dem Ausguck heruntergeholt. Paule geht mit festem Schritt über Deck. Die Männer stehen stramm, wenn der Käpten zu ihnen spricht. Wenn ein Schiff sich sehen läßt, wird es von Paule und seinen Seeräubern ausgeraubt. Der Rumpf der *Black Eagle* liegt tief im Wasser, so schwer ist sie schon mit Schätzen beladen.

Aber eigentlich sucht der Käpten die Meere immer nur nach Bella Donna ab. In jedem Hafen läßt er die *Black Eagle* vor Anker gehen. Selbst die abgelegensten Inseln steuert er an.

Und von Mensch oder Esel, von allen will der Käpten wissen: „He, sag mal, weißt du, wo ich Bella Donna finden kann?“ Aber niemand kennt Bella Donna, bis Paule eines Tages auf der kleinen Kaktusinsel einen alten Fischer nach ihr fragt.

„Bella – wie sagten Sie? Wer soll denn das sein, Käpten?“

„Na, die schöne Dame, du Fischgräte!“

„Ach die meinen Sie, Käpten. Warum spucken Sie das nicht gleich aus. Die wohnt gleich um die Ecke. Dritter Hinterhof rechts.“

Paule macht einen haushohen Luftsprung und stößt einen erstklassigen Jodler aus, was für einen Seemann nicht ganz einfach ist. Sofort rennt er die Hafenstraße hinunter, um die nächste Ecke in den dritten Hinterhof. Minke-Pinke folgt Paule heimlich. Einen verliebten Seeräuber kann man keinesfalls allein lassen.

Der Käpten sieht noch einmal in den Taschenspiegel, dann klopft er leise an die Tür und flüstert: „Bella Donna, schöne Dame, hier ist dein Paule Enterhaken. Willst du mich denn haben?“

„Aber ja!" ruft eine Stimme von drinnen, und dann wird die Tür aufgerissen. Eine alte Hexe, die nur einen Blechzahn im Mund hat, schließt den Käpten entzückt in ihre Arme.

„O Geliebter!" ruft die Alte. „Ich wußte ja, daß du eines Tages kommen würdest! Nun lasse ich dich nie wieder gehen!"

Der Käpten schreit um Hilfe, aber die Alte umklammert ihn wie ein Tintenfisch. Minke-Pinke muß ganz fürchterlich lachen. Aber dann kauft sie Paule doch für ein Pfund schwarzen Kautabak frei.

Sie hofft, daß ihrem Freund jetzt die Lust auf Bella Donna vergangen ist. Aber schon im nächsten Hafen fragt der Käpten wieder alle Leute: „Kannst du mir sagen, wo ich die Bella Donna finden kann?"

Paule Enterhaken wird zu Mädchen in aller Welt geschickt. Bald schwirrt es ihm im Kopf, daß ihm schwindlig ist. Es gibt so viele schöne Mädchen, eine sogar schöner als die andere: Ob sie nun schwarz, gelb, braun, weiß oder rot sind – aber keine ist so schön wie Bella Donna.

Inzwischen kennt der Käpten sich auf dem Erdball aus wie in der Hosentasche seiner Husarenuniform. Er studiert die Land- und Seekarten, ob er nicht ein Fleckchen auf der Erde übersehen hat.

„Meine Wenigkeit versteht eines nicht", sagt Minke-Pinke. „Wenn deine Bella Donna so schön ist, warum kennt sie dann keiner? Vielleicht leidest du doch an Promibi und spinnst nur ein bißchen doller als sonst?"

„Kotzverflucht!“ schreit Paule Enterhaken. Er nimmt ein kaltes Bad im Mannschaftssuppentopf und versenkt ein Papierschiffchen nach dem anderen. Schließlich rennt er splitternackt auf Deck, holt die Piratenflagge ein und singt aufs Meer hinaus:

„O Bella Donna, meine Kleine,
laß mich nicht länger alleine!
So viele Mädchen wollen mich,
aber ich will doch nur dich!
O Bella Donna, hör mein Flehen,
ich lass' die weiße Fahne wehen.“

Bei der alten Wahrsagerin

Minke-Pinke ist froh, daß Bella Donna nicht zu finden ist. Aber sie ist auch traurig, weil ihr Freund so unglücklich ist. Paule hat gesagt: „Wenn ich Bella Donna nicht finde, geh' ich ins Kloster und werde Mönch."

Dann wäre Minke-Pinke immer allein, und das wäre nicht auszuhalten. Deshalb denkt Minke-Pinke ganz scharf nach, wo diese Bella Donna zu finden sein könnte.

Die *Black Eagle* ist soeben wieder vor Anker gegangen. In der Stadt ist gerade Jahrmarkt, und jedermann treibt sich auf dem Platz herum: Taschendiebe, Gesundbeter, Geistheiler, Tigerdompteure, Schlangenbeschwörer, Eisverkäufer und viel Publikum.

Als Eduardo Fettsack gerade den Hammer beim Hau-den-Lukas schwingt, macht Minke-Pinke sich heimlich davon. Sie verschwindet im schwarzen Zelt einer Wahrsagerin.

„Ahoi", sagt Minke-Pinke.

„Willkommen, mein schwarzes Kind", krächzt die Wahrsagerin mit einer Stimme, die mal wieder geölt werden müßte.

Im Zelt ist es duster. Nur eine Kerze brennt. Es riecht nach Räucherkerzen und Schnaps. In einem Schaukelstuhl sitzt eine Frau im schwarzen Umhang. Vor ihr, auf dem Tisch, liegt eine Kristallkugel. Zu ihren Füßen liegt eine Katze, und auf ihrem Stock mit dem Drachenkopf hockt eine Krähe.

„Was willst du denn wissen?“ fragt die Wahrsagerin.

Minke-Pinke erzählt von dem Käpten und seiner Verliebtheit. „Ich muß diese Bella Donna unbedingt finden. Warum weiß keiner, wo sie steckt, wenn sie so schön ist?“

Die Wahrsagerin schiebt durch ein Loch im Zeltdach ein langes Fernrohr und schaut in den Nachthimmel. Schließlich lehnt sich die Alte in ihrem Stuhl zurück und reibt sich zufrieden über die Nase.

„Ja und?“ fragt Minke-Pinke ungeduldig. „Was sagen die Sterne?“

Die Wahrsagerin hält die Hand auf. Minke-Pinke legt ein Goldstück hinein. „Nun rede aber, sonst kann meine Wenigkeit recht ungemütlich werden.“

„Alles Schwere ist ganz leicht", meint die Alte und feixt. „Man muß sich nur mit den Sternen auskennen."

„Also, was ist mit der Bella Donna?" ruft Minke-Pinke und wirft noch ein Goldstück auf den Tisch.

„Bella Donna ist die Prinzessin Veilchenduft. Sie wohnt auf der Insel Märchenschön."

„Und wo finde ich diese komische Insel?"

„Du mußt nur den anderen Schiffen hinterhersegeln. Viele Verliebte sind auf dem Weg dorthin. Denn Prinzessin Veilchenduft will sich verheiraten."

Die Wahrsagerin kichert und hält abermals die Hand auf, aber Minke-Pinke sagt „Danke" und „Ahoi" und schlüpft aus dem Zelt. Auf der *Black Eagle* warten der Käpten und die Mannschaft schon ungeduldig auf sie. Der Käpten läßt alle Segel setzen, und bald ist der Dreimaster auf hoher See.

Minke-Pinke überlegt, ob sie Paule sagen soll, was sie von der Wahrsagerin erfahren hat. Es wäre doch dumm von ihr, wenn sie ihrem Freund den Weg zu dieser Prinzessin Veilchenduft verraten würde. Aber andererseits ist es auch nicht schön, einen Freund zu haben, der unglücklich ist.

Schließlich erzählt Minke-Pinke Paule doch, was sie von der Wahrsagerin erfahren hat. Da stößt der Käpten einen Freudenschrei aus und schlägt Purzelbäume vom Bug bis zum Heck und von steuerbord nach backbord.

„Auf, auf zur Insel Märchenschön!" kommandiert er und nimmt selbst das Steuerrad in beide Hände.

Die Insel Märchenschön

Vor, neben und hinter der *Black Eagle* fahren unzählige Schiffe auf demselben Kurs. Das gibt Minke-Pinke Mut. Wenn Bella Donna so viele Bewerber hat, wird sie wohl nicht gerade einen Seeräuberkapitän zum Mann haben wollen.

Paule Enterhaken hingegen bereitet der Andrang Kopfschmerzen. Er schimpft: „Kotzverflucht! Das Meer ist so groß! Warum nur müssen alle diese Blödmänner mir vor dem Bug herumkreuzen?"

Die Mannschaft ist in bester Stimmung. Sie läßt die Kanonen donnern, wenn ein Schiff der *Black Eagle* zu nahe kommt.

„Vor diesen vielen Zuschauern macht so ein prächtiges Feuerwerk doch mal richtig Spaß!" ruft Eduardo Fettsack, der von den qualmenden Kanonen völlig rußverschmiert ist und den Mund voller Gummibärchen hat. Glasauge sieht durchs Fernrohr und fragt: „Höre ich richtig? Sind das Fische oder Landratten, die da unten Salzwasser schlucken?"

„Wozu brauchen Leute überhaupt ein Schiff, wenn sie schwimmen können", meint Eiskalter-Joe und schärft sein Buttermesser. „Ein echter Seemann wie ich hat die Nichtschwimmerprüfung abgelegt."

Auf Lulatschs Kopf sitzen die Möwen, putzen ihr Gefieder und bekleckern die schwarze Weste des Seeräubers. „Nur gut, daß der Käpten Promibi hat“, meint er. „Bei soviel Verrücktheit braucht sich keiner mehr zu langweilen.“

Schweinebacke hat sich zu Ehren Bella Donnas seinen Bart nach der neuesten Pariser Mode lila gefärbt. Mit seiner Schleuder schießt er Knallerbsen auf die vorüberfahrenden Schiffe und ruft: „He! Hallo, ihr bartlosen Wichte, seht euch meinen prächtigen Vollbart an! Klatscht Beifall! Sonst rasiere ich euch mit meinem Säbel eine spiegelblanke Glatze!“

Minke-Pinke sitzt im Ausguck und schielt schon vom vielen Gucken. Endlich ruft sie: „Land in Sicht!“

„Holladihidi! Ahoi!“ jubelt die Mannschaft.

Vor der Insel Märchenschön ankern viele Schiffe, große, kleine, nagelneue und Klapperkisten. Manch armer Mann, der Bella Donna heiraten will, ist mit dem Ruderboot oder auf einem Floß übers Meer gekommen. Einer hat die Überfahrt sogar mit einem aufblasbaren Seelöwen geschafft.

Märchenschön ist ein grasgrüner Fleck im großen blauen Meer. Die Sonne scheint hier besonders hell und warm. Überall blühen Veilchen. In der Mitte der Insel erhebt sich ein Hügel, auf dem ein Schloß mit neunundneunzig Türmen und Dächern aus goldenen Ziegeln steht. Die vielen Fenster sind aus buntem Glas. Auf der weinumrankten Schloßterrasse spielt ein Orchester. Es sind die Klänge, die Paule Enterhaken auf Ratteldatteldei so fein und lockend aus der weißen Perle gehört hat.

„Das ist ja eine verdammt feine Würstchenbude", sagt Minke-Pinke. „Hier riecht es so gut, daß meine Wenigkeit sich glatt die Nase zuhalten muß."

Der Käpten läßt den Anker auswerfen. Er und die Mannschaft rudern an Land. Minke-Pinke muß als Deckwache zurückbleiben. Da hilft ihr alles Schimpfen nichts, Befehl ist Befehl.

Auf der Insel ist Paule berauscht vom Veilchenduft. Vor allem aber von der Nähe Bella Donnas. Er will am liebsten gleich zu ihr gehen und sagen: „Ahoi, Bella Donna. Hier bin ich, nimm mich!"

Aber bis zum Schloß steht eine Menschenschlange, die sich vom Hafen durch die Wiesen den Hügel hinauf bis zum Schloß hinzieht, lauter Männer: junge und alte, häßliche und schöne, krumme und gerade, arme und reiche, dicke und dünne, dumme und schlaue. Alle wollen sie Prinzessin Veilchenduft heiraten.

„Laßt mich durch", sagt Paule Enterhaken. „Ich bin Seeräuberkäpten und mit Bella Donna verabredet. Ihr könnt alle wieder nach Hause gehen und zu Hause auf dem Balkon die Blumen gießen."

Die Männer murren. Keiner rührt sich vom Fleck, sosehr Paule auch mit dem Säbel rasselt, Eduardo Fettsack seinen Bauch aufbläht und Glasauge schielt. Es macht auch wenig Eindruck, daß Lulatsch drohend von oben herab sieht, Eiskalter-Joe sein Buttermesser funkeln läßt und Schweinebacke Knallerbsen verschleudert.

Ein ganz feiner Pinkel, der sich Alois-Burkhardt Schulze-Müller-Krause nennt und sich selbst unaufhaltsam vordrängelt, sagt: „Welch schlechtes Benehmen, mein Herr. Für den, der zuletzt kommt, ist hinten der Schluß."

„Kotzverflucht!" schimpft Paule. „Euch alle soll der weiße Hai beißen! Und wenn ich euch auf See erwische, fülle ich eure Bäuche mit Kanonenkugeln, daß ihr nur noch rülpsen müßt!"

Aber es nützt alles nichts, der Käpten und seine Mannschaft müssen sich in die Reihe stellen. Drei Tage und drei Nächte stehen sie sich die Beine krumm, ohne daß etwas geschieht. Die Seeräuber singen im Chor mit den anderen Wartenden:

„Ach Schönste, wirst du mich erhören?
Ich will dir ew'ge Liebe schwören:
Mein ganzes Herz ist immer dein.
Sei doch nicht so hart wie Stein!"

Bella Donnas Rätsel

Prinzessin Veilchenduft läßt ihre Bewerber schmoren. Sie zeigt sich nur ab und zu auf dem Schloßbalkon. Sie trägt ein veilchenblaues Kleid, hat veilchenblaue Augen und lächelt zuckersüß. Bella Donna ist tatsächlich so schön, daß alle Männer vor ihr in die Knie gehen und stottern: „Ma... mann, bi... bi... bist du schöööön!“

Doch schon schwebt Bella Donna vom Balkon wieder zurück ins Schloß. Am vierten Morgen fährt allen ein gewaltiger Schreck in die Knie. Die Kanonen donnern, und eine Turmzinne nach der anderen wird getroffen.

„Die Schüsse kommen von der *Black Eagle*!“ meldet Glasauge.

„Kotzverflucht!“ schreit der Käpten. „Ist der Schiffsjunge Minke-Pinke denn völlig verrückt geworden?“

Minke-Pinke ruft durch die Sprechtüte von der *Black Eagle* zum Schloß hinüber: „Nun mach endlich deinen Laden auf, Bella Donna! Sonst stehen sich die Jungs noch die großen Zehen zu den Horchlöffeln raus!“

Einige Augenblicke herrscht Schweigen. Dann ruft jemand vom Schloß: „Prinzessin Veilchenduft bittet zum Empfang. Sie bittet die Herrschaften, sich auf dem Schloßhof in Reih und Glied aufzustellen.“

Augenblicklich ist eine wüste Keilerei im Gange. Die Verliebten hauen einander die Nasen platt und die Augen blau. Das macht Spaß nach der langen Warterei. Paule Enterhaken und seine Mannschaft raufen am besten und stehen als erste im Schloßhof.

Als alle Bewerber den Schloßhof erreicht haben, tritt der Kommandeur der Schloßwache vor die Männer. Er nennt sich Grimmbart von Grimmelshausen und ist mindestens so fett wie Eduardo Fettsack, länger als Lulatsch, vernarbter als Eiskalter-Joe, schieläugiger als Glasauge und langbärtiger als Schweinebacke.

Grimmbart von Grimmelshausen trägt ein weites Gewand und einen wagenradgroßen Turban. Der Mordskerl befiehlt mit piepsiger Stimme: „Angetreten! Strammgestanden! Augen geradeaus!"

Als alle stocksteif stehen und absolute Stille herrscht, betritt Prinzessin Veilchenduft den Balkon. Es ist, als gingen Sonne, Mond und Sterne gemeinsam am blauen Himmel auf. Sie duftet so lieblich nach Veilchen, daß selbst die stärksten Männer zu schwanken beginnen. Die veilchenblauen Augen Bella Donnas strahlen, daß alle Herzen glühen. Auf der Schloßterrasse fiedeln Geiger, die wie Pinguine aussehen, was das Zeug hält.

Paule Enterhaken bleibt für einen Augenblick die Luft weg. Bella Donna ist noch schöner, als er sie in der weißen Perle gesehen hat.

„Bella Donna! Hier bin ich!" ruft er. „Dein Seeräuberkäpten Paule Enterhaken! Nun kannst du mich zum Mann nehmen!"

Sofort schreien alle anderen: „Nein, nein! Mich mußt du heiraten, Prinzessin! Ich bin der richtige für dich!"

Der feine Pinkel Alois-Burkhardt Schulze-Müller-Krause zieht seinen weißen Zylinder, verbeugt sich so tief, daß seine Spitznase fast die Erde berührt, und sagt: „Meine grenzenlose Verehrung, allerschönste

Prinzessin. Schon lange trage ich, ach, so schwer in meinem armen Herzen meine übergroße Liebe zu Ihnen, Verehrteste. Darf ich mir erlauben, Ihnen als Zeichen meiner tiefsten Zuneigung diese edle Rose zu überreichen?“

Die anderen Bewerber werden grün und gelb vor Ärger und Neid. So schön geschwollen kann keiner von ihnen sprechen.

Der Käpten sagt wütend: „Nun brich dir bloß nicht die Mastspitze ab, du weißlackiertes Wrack!“

Alois-Burkhardt Schulze-Müller-Krause bleibt unbeeindruckt. Er zieht eine dunkelrote Rose hinter seinem Rücken hervor, haucht einen Kuß auf ihre Blüte und will sie Bella Donna auf den Balkon werfen. Als er vortritt, stellt Paule Enterhaken ihm ein Bein, und der feine Pinkel kippt aus den Lackschuhen und steckt mit der Spitznase im Veilchenbeet.

Die Männer lachen und rufen: „Bravo! Eine feine Leistung!“

Prinzessin Veilchenduft lächelt. Sie schaut in einen goldenen Spiegel, den zwei Hofdamen ihr vorhalten, zupft an ihren Locken, rundet die Lippen und pudert ihr Näschen. Dann sieht sie auf ihre Verehrer herab und fragt mit ihrer singenden Stimme: „Ihr alle wollt mich haben?“

„Aber ja!“ brüllen die Männer im Chor.

„Aber nein“, sagt Bella Donna. „Denn ich nehme nur einen.“

„Ich kann Ihnen alles bieten, meine Verehrteste“,

sagt der feine Pinkel, der wieder auf den Beinen steht und seine Spitznase mit einem seidenen Taschentuch blitzblank putzt. „Ich besitze hundert Häuser, zehn Handelsschiffe und ein dickes Bankkonto."

Nun prahlen auch die anderen mit dem, was sie besitzen und der Prinzessin schenken wollen.

Paule Enterhaken winkt ab. „Das ist doch alles nur einen Möwenschiß wert. Mein Schiff ist voller Gold und Edelsteine. Von mir aus kannst du den ganzen Schrott haben, Bella Donna. Wenn du meine Frau bist, habe ich dich, und das ist alles, was ich mir wünsche."

„Gold und Schmuck habe ich selbst", antwortet Prinzessin Veilchenduft. „Ich will einen Mann."

„Nimm doch mich!" rufen alle auf einmal.

„Unsinn", sagt Prinzessin Veilchenduft streng. „Ich nehme nur den, der mein Rätsel löst:

Was liegt wohl auf dem Meeresgrund?
Ist weder schwarz noch weiß und auch nicht bunt.
Nicht rund, nicht eckig, kein Quadrat.
Weder süß noch sauer – trotzdem nicht fad.
Kein Fisch, kein Krebs und auch kein Stein.
Tief da unten liegt es ganz allein.
Es klopft, es pocht, es hämmert leise.
Es singt auf gar wundersame Weise.
Wer es dann in Händen hält,
der ist der Glücklichste der Welt."

Die Prinzessin lacht, und es klingt, als würden silberne Glöckchen läuten. Dann rauscht sie vom Balkon.

Die wilde Suche beginnt

Die Schar der Freier steht auf dem Schloßhof wie eine Hammelherde, die sich blöd anguckt. Ein Rätsel! Das kann nur einer schönen Frau einfallen! Plötzlich sprintet Alois-Burkhardt Schulze-Müller-Krause los.

„Hinterher, kotzverflucht!“ schreit der Käpten und macht eine Kehrtwendung in seinen Riesenstiefeln.

Alle rennen dem feinen Pinkel hinterher. Der saust zum Hafen, verschwindet auf seinem Schiff und taucht mit einer Angel wieder auf. Von der Kaimauer aus wirft er die Schnur mit dem Haken weit ins Meer.

Bald ist die Kaimauer mit Anglern besetzt. Angeln werden ausgeworfen und eingeholt, es ist ein ständiges Hin und Her. Die Haken werden mit allen möglichen Ködern bestückt: mit fetten Würmern, Salatblättern, Kaugummi, Wurstzipfeln und sogar mit einem goldenen Ring. Aber es werden nur alte Schuhe in allen Größen rausgefischt.

Paule Enterhaken meint: „Was hier gefangen wird, das sind doch alles kleine Fische. Bestimmt müssen wir einen Unterwasserdinosaurier an Land ziehen. Oder einen abgestürzten Stern.“

Der Käpten läßt an seinen Enterhaken von Glasauge ein langes Tau binden. Eduardo Fettsack muß einen großen Schinken auf den Enterhaken stecken. Schweinebacke, Eiskalter-Joe und Lulatsch schwingen das Seil und werfen den Enterhaken bis in die Mitte des Ozeans.

Der Käpten reibt sich zufrieden das Kinn. „So wird das gemacht, ihr Anfänger", sagt er zum feinen Pinkel und den anderen Freiern. „Nun werdet ihr mal sehen, was ich Bella Donna zur Hochzeit vor die Pantoffeln lege."

Alle starren ungläubig auf die Riesenangel. Da zuckt das Tau auch schon, es wird gerüttelt und geschüttelt.

„Es hat angebissen!"

Der Käpten befiehlt der Mannschaft: „Einholen! Hau und ruck! Nicht nachlassen! Hau und ruck, Männer!"

Den Zuschauern fallen fast die Augen aus dem Kopf. Meter um Meter wird das Tau eingeholt. In der Ferne taucht etwas auf und kommt schnell näher. Es wird größer und größer. Alle Münder stehen sperrangelweit offen.

Aber plötzlich kriegen alle einen gewaltigen Schreck. Der Käpten und seine Mannschaft haben einen riesigen Schwertfisch an der Riesenangel, der sein Maul so weit aufsperrt, als wolle er alle auf der Kaimauer auffressen. Paule haut mit seinem Säbel schnell das Seil durch, und der Schwertfisch schwimmt verdutzt wieder zurück ins offene Meer.

Die Männer sind damit beschäftigt, ihre Angeln und Schnüre wieder zu entwirren.

Vom Meer her lacht es noch immer. Minke-Pinke, die im Ausguck der *Black Eagle* sitzt, läßt die Beine baumeln und hält sich den Bauch vor Lachen.

„Männer, euch ist doch nicht mehr zu helfen! Seid ihr denn alle bekloppt?"

Aber niemand antwortet.

Des Rätsels Lösung

Der Käpten, seine Mannschaft und die anderen Bewerber sind ratlos. Bella Donnas Rätsel ist gar zu schwierig. Die Abendzeitungen in aller Welt berichten:

MÄNNER ZU DUMM!

PRINZESSIN VEILCHENDUFT IMMER NOCH UNVERHEIRATET!

In dieser Nacht kann keiner schlafen. Die Freier sitzen auf der Kaimauer. Der Mond ist rund und knallgelb, und der Himmel ist mit Sternen übersät. Es duftet betäubend nach Veilchen. Vom Schloß her hört man Bella Donna seufzen.

„Ich glaube, ich bin tatsächlich mächtig bekloppt“, sagt Paule niedergeschlagen. „Ich kann überhaupt nicht mehr denken. Und das Herz tut mir weh. Vielleicht ist es auch der Blinddarm oder so was. Also ich weiß überhaupt nichts mehr.“

Auf der *Black Eagle* spielt Minke-Pinke Akkordeon und singt dazu:

„Ach, was sind die Männer dumm,
was gerade ist, das drehn sie krumm.
Ach, wie dumm die Männer sind,
das Rätsel löst doch jedes Kind.

Sie brauchten mich ja nur zu fragen,
die Antwort könnt' ich ihnen sagen.
Doch wer nichts wissen will und fragt,
der bekommt von mir auch nichts gesagt."

Der Käpten stöhnt und meint: „Dieser schwarze Wasserfloh, der sich Minke-Pinke nennt, bringt mich noch um." Er befiehlt Glasauge, zur *Black Eagle* zu rudern und den Schiffsjungen an Land zu holen.

„Da bin ich“, sagt Minke-Pinke, als sie vor Paule steht. „Hat der Käpten vielleicht Sehnsucht nach meiner Wenigkeit?“

„Du Wasserfloh stimmst ein großes Geschrei an, wie schlau du bist“, sagt der Käpten. „Dann sag mir doch, was du weißt!“

„Frag mich doch“, entgegnet Minke-Pinke. „Und vergiß bitte nicht, bitte zu sagen.“

„Das ist ein Befehl!“ schreit der Käpten. „Sofort sagst du, was Bella Donna auf dem Meeresgrund versteckt hat!“

„Deine Befehle sind nichts weiter als Luftblasen!“ schreit Minke-Pinke zurück und dreht ihre weiße Pudelmütze auf Sturm. „Entweder du sagst bitte, oder du erfährst von meiner Wenigkeit überhaupt nichts!“

Alle Freier stehen um die beiden Streitenden. Alois-Burkhardt Schulze-Müller-Krause ruft: „Jawohl, meine schwarze Dame, bringen Sie diesem Angeber Anstand bei! Er benimmt sich schlimmer als ein wilder Affe!“

„Ich bin der Käpten!“ schreit der Käpten. „Ich bin Seeräuber und muß nicht bitte sagen, wenn ich was haben will! Kotzverflucht, wo kämen wir denn da hin!“

„Du kannst ja wählen, Herr Seeräuber“, meint Minke-Pinke. „Entweder Höflichkeit oder Unwissenheit.“

Der Käpten will wieder mal alles auf einmal haben: des Rätsels Lösung und daß Minke-Pinke gehorcht. Er weiß, Drohungen nützen bei Minke-Pinke nichts. Und auf gar keinen Fall möchte er sich noch einmal von einem Mädchen im Kampf aufs Kreuz legen lassen.

Der Käpten flucht, knirscht mit den Zähnen, spuckt meilenweit übers Meer und knurrt schließlich: „Na dann eben bitte, kotzverflucht. Bitte! Was soll ich für Prinzessin Veilchenduft aus dem Meer fischen?"

„Na also", sagt Minke-Pinke und dreht ihre Pudelmütze wieder auf Schönwetter. „Es geht alles, wenn man sich nur ein bißchen Mühe gibt. Diese Bella Donna denkt, sie ist schlau. Aber meine Wenigkeit ist auch nicht aufs Köpfchen gefallen. Was kann da schon auf dem Meeresgrund liegen?"

„Na, was denn?" fragen alle.

„Es klopft, es pocht, es hämmert leise, es singt auf gar wundersame Weise. Was soll das schon sein?"

„Na, was ist's denn?"

Minke-Pinke blickt aus ihren schwarzen Augen traurig in Paules blaue Augen. Sie legt sich beide Hände auf die linke Brust und sagt: „Wenn es nicht schwarz noch weiß und auch nicht bunt ist, ja, dann ist es eben rot. Mensch, Mann, Paule, hast du nun endlich begriffen, was es ist?"

„Keine Ahnung! Nun spuck's doch endlich aus, Minke-Pinke!"

„Das Herz ist es, ihr Blödmänner!" ruft Minke-Pinke. „Das Herz von dieser Bella Donna!"

Der Kampf um Bella Donnas Herz

Der Käpten und die Männer schütteln verwundert den Kopf. Paule Enterhaken meint: „Na sieh mal einer an! Wie kommt denn Bella Donnas Herz auf den Meeresgrund?“

„Was weiß denn ich“, antwortet Minke-Pinke. „Entweder sie hat es verloren, oder sie hat es ins Meer geworfen.“

„Aber ohne Herz kann weder Mann noch Maus leben“, sagt der Käpten. „Wenn du mich für total bekloppt hältst, Minke-Pinke, lass' ich dich auf Ratteldatteldei ein Jahr lang Sandflöhe fangen.“

Minke-Pinke stemmt die Fäuste in die Hüften. „Will meine Wenigkeit diese Bella Donna heiraten oder du? Also finde doch selbst heraus, wie die Sache sich verhält.“

Minke-Pinke ist nicht mehr bereit, dem Käpten einen Tip zu geben. Nun muß er die Angelegenheit selbst in die Hände nehmen. Er ruft: „Glasauge, sieh doch mal, ob du auf dem Meeresgrund irgendwo ein Herz entdecken kannst!“

Glasauge sieht durch alle Glasaugen, die er besitzt. Beim neunhundertneunundneunzigsten ruft er: „Jetzt wird mir's rot vor Augen. Sechs Seemeilen entfernt ist irgendwas."

„Nichts wie hin!"

Der Käpten und seine Mannschaft springen ins Boot. Auch die anderen Bewerber sind nicht faul und rudern wild drauflos. Allen voran der feine Pinkel Alois-Burkhardt Schulze-Müller-Krause mit seinen sieben Butlern.

Die Seeräuber und der feine Pinkel erreichen zuerst die Stelle, wo das Wasser blutrot ist. Aber sonst ist nichts Außergewöhnliches festzustellen. Ob Bella Donnas Herz vom Meeresgrund herauf leuchtet?

„Wir müssen da runter", stellt der Käpten fest. „Wer sich freiwillig meldet, dem hefte ich den großen Seeräuberverdienstorden an die Brust."

Kein Seeräuber hebt die Hand, obwohl alle den Orden gern tragen würden. Jeder sagt kleinlaut, daß er nicht schwimmen kann und absolut wasserscheu ist.

„Kotzverflucht!" Der Käpten schreit zur Insel Märchenschön, wo seine Freundin auf der Kaimauer sitzt: „Ich erlaube dir zu tauchen, Minke-Pinke! Du badest doch so gern."

Minke-Pinke hält sich die Ohren zu und schreit zurück: „Du mußt mal hierherkommen. Hier kann ich kein Wort verstehen."

Der Käpten schimpft: „Dann muß ich mich wohl selbst naß machen. Eine brutale Welt ist das."

Alois-Burkhardt Schulze-Müller-Krause läßt sich von seinen sieben Butlern in einen riesigen Taucheranzug stecken. Bevor er die Klappe dichtmacht, sagt er zu Paule: „Prinzessin Veilchenduft wird doch die meine. Denn ich werde es sein, der ihr das Herz zu Füßen legt." Und damit springt der feine Pinkel ins Wasser und verschwindet.

„Beeilung, Männer!" treibt Paule seine Mannschaft an. Glasauge hält Ausschau, ob ein gefräßiger Hai in der Nähe ist. Eiskalter-Joe wärmt Paule Enterhakens Hände. Lulatsch kneift mit einer Wäscheklammer, mit der er gewöhnlich seine langen Unterhosen zum Lüften an die Ankerkette hängt, des Käptens Nase zusammen, und Eduardo Fettsack steckt Paule das eine Ende seines ellenlangen Trinkhalms in den Mund, mit dem er morgens immer einen Eimer Milch trinkt.

Der Käpten kneift die Augen zusammen und hält die Luft an, als er über Bord geht. Er umklammert Schweinebackes lilafarbenen Bart und rutscht in die Tiefe. Bald ist es dunkel wie im Bärenhintern, nur nicht so warm.

Paule Enterhaken schnappt durch den Trinkhalm nach Luft, die Eduardo Fettsack hineinbläst. Sie schmeckt nach Knoblauch. Um den Käpten huschen Fische. Es sind auch ein paar Haie dabei, die Glasauge übersehen hat. Nur der Knoblauchgeruch hält sie davon ab, zuzuschnappen. Ein Tintenfisch umarmt Paule, und ein riesiger Schwertfisch schwimmt vorüber. Der Käpten entdeckt zwischen den Steinen einen faustgroßen Gegenstand, der leuchtend rot strahlt. Und tatsächlich – er sieht aus wie ein Herz.

Nichts wie hin, und dann nichts wie hoch! denkt der Käpten und bewegt sich langsam auf das Herz zu. Da taucht aus dem Dunkel eine helle Gestalt auf und greift nach dem Herz. Es ist der feine Pinkel in seinem blütenweißen Taucheranzug.

Paule Enterhaken und Alois-Burkhardt Schulze-Müller-Krause haben beide das Herz ergriffen und versuchen, es an sich zu ziehen. Sie ziehen und zerren, sie drücken und stoßen, sie drehen und winden sich. Bald scheint der Käpten das Herz zu erobern, bald der feine Pinkel. Der Kampf wogt hin und her. Das Wasser kommt in heftige Bewegung. Die Boote schaukeln, und die Seeräuber und die Butler gucken ängstlich auf den Meeresgrund.

Der Käpten und der feine Pinkel bekommen kaum noch Luft. Mit letzter Kraft reißen sie an Bella Donnas Herz – und da hält jeder eine Hälfte in den Händen. Schnell strampeln sie an die Oberfläche, schnappen nach Luft und rufen: „Ich habe gewonnen!“

Das Wettküssen

Der Käpten wird von seiner Mannschaft mit „Hurra!“ begrüßt, der feine Pinkel von seinen Butlern mit „Bravissimo!“. Die anderen Freier in ihren Booten fluchen, weil sie das Herz nicht gefunden haben.

Als die Boote an der Kaimauer anlegen, schlägt Minke-Pinke die Hände über dem Kopf zusammen und ruft: „Ihr Blödmänner habt ja das Herz zerrissen! Es ist zwar nur aus Glitzerpapier, aber immerhin. Da ist meine Wenigkeit aber gespannt, was diese Bella Donna dazu sagt.“

Die Freier rennen sofort zum Schloß, allen voran der Käpten und der feine Pinkel. Der riesige Grimmbart von Grimmelshausen fragt mit seiner Piepsstimme: „Was ist euer Begehr?“

„Heiraten!“ rufen die verliebten Freier.

Neugierig, was das denn für ein Lärm sei, tritt die Prinzessin auf den Balkon. Es duftet nach Veilchen. Wieder läßt ihre Schönheit alle Männer in die Knie gehen. „Nun“, sagt Bella Donna, „habt ihr mein Rätsel lösen können?“

„Klar doch!“ ruft der Käpten und schwenkt die Herzhälfte.

„Aber ja, verehrteste Schönste!“ ruft Alois-Burkhardt Schulze-Müller-Krause und winkt mit der anderen Herzhälfte.

Die Prinzessin meint: „Das schöne Herz zu zerreißen war dumm. Noch dümmer wäre es, wenn ich zwei Männer heiraten würde. Von euch beiden soll mich der zur Frau bekommen, der am besten küssen kann."

Der Käpten und der feine Pinkel bekommen tomatenrote Köpfe. Die Freier klatschen Beifall und rufen: „Blamiert euch bloß nicht!"

Es gibt viel Gelächter und Geschrei. Während der Käpten sich im Taschenspiegel betrachtet und den Mund spitzt, geben die Seeräuber ihm gute Ratschläge.

Schweinebacke meint: „Hier hast du ein paar Barthaare von mir. Die Weibsbilder mögen es, wenn es beim Küssen kitzelt."

„Stell dich auf eine Fußbank, Käpten", rät Lulatsch. „Damit die Prinzessin zu dir aufsehen muß."

„Greif nur nicht daneben, wenn du Bella Donna in die Arme nimmst", warnt Glasauge.

„Knutsch die Puppe, daß ihr die Luft wegbleibt", sagt Eiskalter-Joe und haut dem Käpten auf die Schulter.

„Beiß noch mal kräftig in eine Knoblauchzwiebel, damit du gut aus dem Mund riechst", schlägt Eduardo Fettsack vor.

Inzwischen ist der feine Pinkel Alois-Burkhardt Schulze-Müller-Krause über die Rücken seiner sieben Butler auf den Balkon gestiegen. Er verbeugt sich tief vor Prinzessin Veilchenduft, richtet sich steif auf und setzt zu einer gewaltigen Rede an.

„Schwatzen können wir später“, sagt Bella Donna. „Jetzt wird geküßt.“

Die Schöne schließt die Augen und spitzt die Lippen. Auch der feine Pinkel schließt die Augen und küßt – aber er trifft glatt daneben: mitten auf den Mund von Grimmbart von Grimmelshausen.

Bella Donna öffnet die Augen und ruft: „Aber ich spüre ja gar nichts. Zu dumm!“

Grimmbart von Grimmelshausen salutiert vor der Prinzessin und sagt: „Der erste Bewerber ist danebengerutscht. Meine Meinung: Er küßt ganz ausgezeichnet.“

„Wer danebenrutscht, der darf bekanntlich noch einmal“, sagt die Prinzessin und blinkert mit den veilchenblauen Augen. Diesmal finden sich die Lippen des feinen Pinkels und Bella Donnas.

„Aufhören!“ schreit der Käpten, dem jede Sekunde wie eine Stunde vorkommt. „Was dem feinen Pinkel zuwenig ist, ist mir zuviel!“

Der Kuß läßt Schulze-Müller-Krause taumeln, als wäre er betrunken. Prinzessin Veilchenduft schminkt sich ihre Lippen nach und sagt: „Für den Anfang war das gar nicht schlecht. Wenn Sie nur nicht so schmatzen würden dabei."

„Jetzt bin ich aber dran!" Paule Enterhaken springt auf den Balkon, reißt Bella Donna in seine Arme und küßt, daß Bella Donna Hören und Sehen vergeht.

Die Zuschauer toben: „Weiter so!"

Der Käpten holt kurz Luft und sagt: „Im Küssen bin ich Weltmeister. Das habe ich von Minke-Pinke gelernt."

Und schon hält der Seeräuber die Prinzessin wieder fest in den Armen und küßt sie kurz und lang, fest und zärtlich, laut und leise, süß und saftig. Die Freier können nur noch staunen. Auch der Käpten ist begeistert: Bella Donnas Küsse schmecken süßer und sahniger als Schwarzwälder Kirschtorte.

Die beiden küssen sich eine Stunde, drei Minuten und vierunddreißig Sekunden lang. Und wenn Minke-Pinke nicht von der *Black Eagle* alle Kanonen abgefeuert hätte, hätten sie noch immer kein Ende gefunden. Jedenfalls haben die beiden den absoluten Inselrekord im Dauerküssen aufgestellt. Prinzessin Veilchenduft muß nach der Küsserei von ihren Hofdamen gestützt werden. Sie sagt mit schwacher, aber entschlossener Stimme: „Den Seeräuber nehme ich zum Mann. In zwei Wochen wollen wir Hochzeit feiern."

Verliebt, verlobt, verheiratet?

Der Käpten stolziert wie ein Hahn über die Insel Märchenschön. Die Freier sind noch immer auf der Insel. Bella Donna und Paule haben alle zur Hochzeit eingeladen. Aber bis dahin sind es noch zwei Wochen.

Der feine Pinkel Alois-Burkhardt Schulze-Müller-Krause pflückt riesige Veilchensträuße, die er nachts heimlich vor die Zimmertür von Prinzessin Veilchenduft legt. Seine sieben Butler spielen Mandoline, und der feine Pinkel heult dazu Opernarien.

Doch Bella Donna hat nur Augen und Ohren für ihren Seeräuber Paule Enterhaken. Der Käpten bringt Aufregung in ihr Leben. Er kegelt mit Kanonenkugeln.

Mit der *Black Eagle* segelt er mit ihr aufs Meer hinaus zu einer Insel, wo sich die See-Elefanten gute Nacht sagen.

In einer Hafenkneipe würfelt Paule Enterhaken mit Falschspielern und Dieben um die Krone der Prinzessin.

Er zeigt ihr das Seeräubernest Ratteldatteldei und sogar seine Lieblingsinsel mit den drei Palmen.

„Kotzverflucht, das Leben ist schön!“ ruft der Käpten, als er sich mit Bella Donna auf der *Black Eagle* den Wind um die Nase wehen läßt.

„O ja“, sagt die Schöne. „Mir ist es überhaupt nicht mehr langweilig! Früher bestand mein Leben nur aus Schönsein, Essen und Schlafen. So gefällt es mir besser!“

Aber trotzdem erschrecken sie die rauhen Sitten des Seeräuberkäptens oft. Als ihr Mann würde er einiges davon ablegen müssen. Der Hofmarschall weiß da bestimmt einen Rat!

Als die beiden von ihren Ausflügen auf die Insel Märchenschön zurückkehren, sind die Hochzeitsvorbereitungen schon in vollem Gange: Die Bäcker backen turmhohe Torten, die Metzger stellen kilometerlange Wurstketten her, das Schloß wird mit Girlanden aus Veilchen geschmückt, der Pfarrer übt das Amen in der Kirche, und überall ist die piepsige Stimme von Grimmbart von Grimmelshausen zu hören, der nach dem Rechten sieht.

Alle freuen sich auf das Fest, nur zwei nicht. Das sind der feine Pinkel, der schon das fünfte Notizbuch mit Liebesgedichten vollgeschrieben hat, und Minke-Pinke, die immer trauriger wird, je näher der Hochzeitstag rückt. Es tut ihr in der Seele weh, daß sie ihren Freund nun endgültig an Bella Donna verlieren soll. Wohin sie auch schaut, überall sieht sie den Käpten und Prinzessin Veilchenduft händchenhaltend zwischen den Veilchenbeeten gehen.

Sie findet, daß die beiden überhaupt nicht zusammenpassen: der rauhbeinige Seeräuber und die zerbrechliche Prinzessin. Bella Donna zuliebe läßt der

Käpten sich vom Hofmarschall in Anstand und Sitte unterrichten. Minke-Pinke findet, Paule wird dressiert wie ein Schoßhündchen. Was er alles lernen muß: Wiener Walzer tanzen, Kratzfüße machen, ständig danke und bitte sagen, beim Rülpsen die Hand vor den Mund halten, beim Essen nicht schmatzen, nicht popeln, nur dann ausspucken, wenn es keiner sieht, und immer ein blütenweißes Taschentuch bei sich tragen.

Ob Minke-Pinke ihre Pudelmütze auf Sturm oder auf Schönwetter dreht, sie ist immer traurig. Am liebsten würde sie wegrennen, ganz weit weg, um den Käpten zu vergessen. Aber sie schafft nicht einmal den ersten Schritt. Ihr ist, als klebten ihre Füße am Erdbo-

den fest. Warum kann Neptun nicht einfach einen Sturm schicken, der den Käpten und die Prinzessin auseinanderweht?

Dann ist auch schon der Hochzeitstag da. Berühmte Leute aus aller Welt sind angereist: Könige, Schauspieler, Musiker, Präsidenten – jede Menge reiche Leute und ebenso viele Taschendiebe. Das Gold, das die reichen Leute mit sich schleppen, glitzert und glänzt. Jeder ist damit beschäftigt, vor anderen zu prahlen, wie einmalig wichtig er ist. Alle reden, und keiner hört zu.

Eiskalter-Joe meint zu den anderen Seeräubern: „Der Käpten sollte die Puppe sausenlassen. Das Seeräuberleben ist doch viel schöner! Wir kassieren hier ab, und dann verduften wir."

„Keine Chance", meint Schweinebacke bedauernd. „Der Käpten hat noch nie so schwer an Promibi gelitten wie jetzt."

„Laßt uns doch erst einmal in Ruhe etwas gegen den Hunger tun!" Eduardo Fettsack blickt gierig auf die mit Leckereien überfüllte Festtafel.

Glasauge meint: „Solange es hier was zu sehen gibt, gehe ich nicht."

Und Lulatsch gesteht: „Sobald die Kapelle den ersten Ton spielt, tanze ich mit der kuschligen Liliputanerin."

Inzwischen befindet sich das Paar schon auf dem Weg zur Kirche. Der Käpten und Prinzessin Veilchenduft sitzen in einer weißen Kutsche, die von sechs

Schimmeln gezogen wird. Links und rechts des Weges stehen die Gäste, winken mit ihren Hüten und rufen: „Hoch sollen sie leben!"

Paule ist ganz bleich vor Aufregung. Sein Herz macht ungewöhnliche Sprünge. Er hat plötzlich Angst. Wenn er nur wüßte, was mit ihm los ist. Er möchte doch Bella Donna zur Frau haben. Wegen ihr ist er schließlich um die ganze Welt gesegelt. Ist er vielleicht doch an Promibi erkrankt?

Als Paule Enterhaken aus dem Kutschenfenster sieht, schaut er in Minke-Pinkes pechschwarze Augen. Er ruft: „Minke-Pinke, warte doch mal!"

Aber sie ist augenblicklich verschwunden.

„Kotzverflucht!"

„Was hast du denn, Paule Enterhaken?" fragt die Prinzessin. „Vergiß jetzt nur nicht dein gutes Benehmen, das ich dir beigebracht habe."

„Geht schon in Ordnung. Volle Fahrt voraus in den Ehehafen", verspricht Paule. Doch das Herz tut ihm weh. Diesmal aber nicht wegen Bella Donna. Er hat keine Ahnung, warum.

Als Bella Donna aus der Kutsche steigt, ruft die Menge: „Oh, là, là, ist die Prinzessin schön! Und so veilchenblau! Einfach wunderbar!" Und die vornehmen Leute flüstern: „Wie konnte sie nur diesen fürchterlichen Seeräuber zum Mann wählen? Er paßt so ganz und gar nicht in unsere ehrenwerte Gesellschaft."

Der Käpten führt Prinzessin Veilchenduft in die Kirche. Vor dem Altar bleiben sie stehen.

Als alle Gäste Platz genommen haben, beginnt die Orgel zu spielen. Der Pfarrer tritt durch eine Seitentür vor das Paar. Er redet vom lieben Gott, von Tod und Teufel, und er ermahnt Bella Donna und Paule, einander immer zu lieben und ewig treu zu sein.

Schließlich fragt der Pfarrer: „Hochverehrte Prinzessin Veilchenduft, wollen Sie Käpten Paule Enterhaken zum Mann nehmen?"

„Ja", haucht die Prinzessin. „Ja, ich will."

„Und Sie, Paule Enterhaken, sind Sie bereit, die Prinzessin Veilchenduft zur Frau zu nehmen?"

Aber klar, will Paule rufen. Doch er bringt kein Wort über die Lippen. Er sieht noch immer Minke-Pinkes schwarze Augen vor sich. Sie überstrahlen sogar Bella Donnas veilchenblaue Augen.

Der Pfarrer zieht sich die Ohren lang. „Ich höre nichts, Paule Enterhaken!"

In der Kirche wird es unruhig. Es wird getuschelt, geschimpft und gelacht. Die Prinzessin wird blaß und blässer. Sie zupft den Käpten am Jackenärmel und flüstert: „Du mußt ja sagen, Menschenskind. Jaaa! Jahaaa!"

Einige der Gäste pfeifen, andere rufen: „Buh!" Der Kirchenchor singt ein „Halleluja" nach dem anderen. Paule rinnt der Schweiß von der Stirn. Er kann weder denken noch reden oder sich bewegen. Er nimmt seine ganze Kraft zusammen und öffnet den Mund, um endlich zu sagen ...

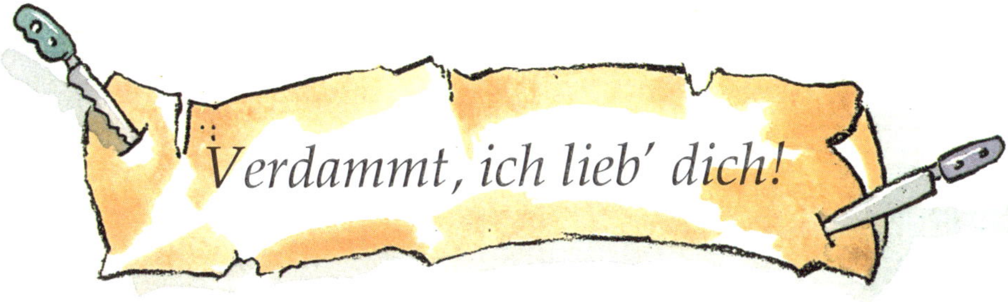

Verdammt, ich lieb' dich!

Da wird mit Getöse die Kirchentür aufgestoßen. Eduardo Fettsack steht breitbeinig im Türrahmen. Er hat die Hände in die Hüften gestemmt. Aus seinem Mund ragt ein gebratenes Hühnerbein.

Minke-Pinke kriecht zwischen seinen Beinen hindurch und schreit: „Mir nach, Männer!"

Schweinebacke tritt Eduardo Fettsack so kräftig in den Hintern, daß der Dicke wie eine Kanonenkugel den Mittelgang entlangrollt. Nun stürmen die anderen Seeräuber Minke-Pinke hinterher zum Altar. Die Hochzeitsgäste sitzen starr vor Schreck. Der Pfarrer bekreuzigt sich, und der Kirchenchor singt ein letztes „Halleluja".

Minke-Pinke wirft sich zwischen Paule Enterhaken und Prinzessin Veilchenduft. „Schluß mit dem Händchenhalten! Du kommst jetzt mit uns, Paule!"

„Komm' ich nicht!"

„Kommst du doch! Ich weiß, was gut für dich ist, Paule!"

„Aber ich weiß es besser!"

Der Käpten und die Prinzessin halten einander fest, ob nun vor Schreck oder aus Liebe. Da klemmt sich Schweinebacke seinen Käpten einfach unter den Arm und wickelt ihn in das Fischernetz von Lulatsch. Eduardo Fettsack, der wieder auf den Beinen ist, wirft sich den verschnürten Paule über die Schulter.

„Abmarsch!“ kommandiert Minke-Pinke. „Jetzt heißt es rennen!“

Glasauge will der Prinzessin einen Kuß rauben, aber er umarmt den Pfarrer.

Die Seeräuberbande stürmt nach draußen.

Wild läuten die Glocken. Die Hochzeitsgesellschaft verfolgt die Seeräuber zum Hafen. Allen voran Prin-

zessin Veilchenduft. Der feine Pinkel klammert sich an ihren Schleier und läßt sich hinterherschleifen. Der Pfarrer schreit: „Du lieber Gott, hier geht's doch mit dem Teufel zu!"

Von der Kaimauer wirft Eduardo Fettsack das Bündel ins Rettungsboot. Minke-Pinke springt hinterher und rudert zur *Black Eagle*. Die Seeräuber steigen jammernd ins Wasser. Sie haben sich Rettungsringe umgelegt. Mit einer Hand halten sie sich die Nase zu, mit der anderen paddeln sie zu ihrem Schiff.

Prinzessin Veilchenduft steht auf der Kaimauer. Jetzt vergißt sie ihre gute Erziehung und schreit: „Hau doch ab, du blöder Seeräuber! Hochzeit wird trotzdem gefeiert!“ Mit diesen Worten sinkt sie dem überglücklichen Alois-Burkhardt Schulze-Müller-Krause in die Arme.

Als alle Seeräuber an Deck der *Black Eagle* sind, läßt Minke-Pinke die Segel hissen. Sie lädt die Kanonen und feuert sie ab.

Über der Insel Märchenschön regnet es rote Rosen. Minke-Pinke ruft: „Alles Gute zur Hochzeit, Prinzessin und feiner Pinkel!“

Dann steuert Glasauge die *Black Eagle* aufs Meer hinaus. Eiskalter-Joe zieht die Piratenflagge auf, während Eduardo Fettsack seine geraubten Brathähnchenvorräte aufißt. Lulatsch träumt von der kuscheligen Liliputanerin, und Schweinebacke steckt sich Veilchen in seinen Bart.

„Na, Käpten, alles in Ordnung?“ fragt Minke-Pinke und wickelt Paule aus dem Netz.

Paule springt auf und schreit: „Du hast Promibi, nicht ich! Meine schöne Prinzessin hab' ich verloren! Die einmalige Bella Donna, nach der ich eine Ewigkeit gesucht habe, ist für mich nun futschikato! Spinnst du, mich, den Käpten Paule Enterhaken, zu entführen?“

Der Käpten greift zu seinem Enterhaken und schlägt alles an Deck kurz und klein. Minke-Pinke muß den Tobsüchtigen von der Mannschaft an einen Mast binden lassen.

Drei Tage ist die *Black Eagle* nun schon auf hoher See. Aber Paules Laune will sich nicht bessern. Minke-Pinke ist traurig. Sie kocht Paule den leckersten Schokoladenpudding und füttert ihn sogar damit. Aber Paule spuckt alles wieder aus und flucht, daß die Möwen Schreikrämpfe bekommen.

Auch die Mannschaft ist schlechter Stimmung. Sie will ihren alten Käpten wiederhaben. Selbst Schweinebacke, der sich selbst gern als Seeräuberkäpten gesehen hätte, meint: „Mensch, Käpten, nun reiß dich aber zusammen! Wir brauchen dich."

Paule sagt nichts. Aber eigentlich ist er fast schon wieder froh, bei seinen Kumpanen auf der *Black Eagle* zu sein.

Am Morgen stößt Minke-Pinke einen fürchterlichen Fluch aus und schneidet Paule vom Mast los. „So geht das nicht weiter!" schreit sie. „Bitte schön, dann schwimm doch zu deiner veilchenblauen Prinzessin! Ahoi und schöne Grüße!"

Der Käpten ist nun endlich frei. Seine gesamte Mannschaft steht um ihn herum. Paule sieht von einem zum anderen. Er kratzt sich das Kinn und knurrt: „Du hast alles verdorben, Minke-Pinke. Eigentlich sollte ich dich mordsmäßig verhauen."

Die Seeräuber schließen sofort Wetten ab, wer aus der bevorstehenden Klopperei wohl als Sieger hervorgehen wird. Minke-Pinke dreht ihre weiße Pudelmütze dreimal links und dreimal rechts herum und läßt sie dann auf Schönwetter sitzen.

„Ich weiß eben doch, was gut für dich ist, Paule."

„Was soll denn gut für mich sein, du schwarzer Wasserfloh?"

„Meine Wenigkeit", sagt Minke-Pinke. „Ich, Paule, ich bin das beste für dich. Und das Meer ist es. Und die Seeräuberei. Und überhaupt – daß wir zwei uns bewegen können wie die Möwen dort am Himmel."

Die Mannschaft nickt und sagt: „Wo Minke-Pinke recht hat, da hat sie recht."

Paule kratzt sich nachdenklich am Kinn. Erfreut stellt er fest, daß ihm das erste Barthaar gewachsen ist. Nun wird es nicht mehr lange dauern, bis er einen prächtigeren Vollbart hat als Schweinebacke. Der Käpten wird länger sein als Lulatsch und fetter als Eduardo Fettsack. Wie Eiskalter-Joe wird ihn nichts mehr erschrecken können. Vielleicht lernt er sogar, fürchterlicher zu schielen als Glasauge.

„Kotzverflucht!" sagt der Käpten und grinst zufrieden. „Kurs auf Ratteldatteldei. Wir wollen feiern, daß sich die Palmen biegen."

Der Käpten und Minke-Pinke klettern hinauf zur Mastspitze. Sie machen es sich im Ausguck bequem.

„Weißt du, Minke-Pinke, daß du ganz wunderbare schwarze Augen hast?"

„Keine Ahnung, Paule", sagt Minke-Pinke und lacht. „Ich kann meine Wenigkeit ja nicht sehen."

„Du bist so total schwarz, veilchenblau ist dagegen echt ein Mückenschiß", sagt Paule. Er zieht die weiße Perle aus der Hosentasche und hält sie an Minke-Pinkes schwarzes Ohrläppchen. Und während der Käpten und Minke-Pinke einen neuen Dauerkußrekord aufstellen, singen die Seeräuber:

„Das Meer ist schön und blau,
schön ist der Wind auf See,
doch schöner ist die Liebe,
am schönsten aber ist 'ne Frau!
Schön bist auch du und ich,
schön ist der Fisch im Wasser,
doch schöner ist der Sonnenschein,
am schönsten ist: Ich liebe dich!"

Gunter Preuß wurde 1940 in Leipzig geboren. Er absolvierte eine Lehre als Telefonmechaniker, arbeitete aber in vielen Berufen. In der Berliner Artistenschule lernte er Saltos springen, Bälle jonglieren und über das Drahtseil laufen. Mittlerweile schreibt er Bücher, Hörspiele, Fernsehfilme und Theaterstücke für Kinder, Jugendliche und Erwachsene.
Heute lebt Gunter Preuß mit seiner Frau, einem Hund und dreiundzwanzig Goldfischen in einem „Pfefferkuchenhäuschen" in Schkeuditz bei Leipzig.

Annette Swoboda wurde 1962 geboren und wuchs in einem kleinen Ort an der Bergstraße auf. Nach ihrem Abitur studierte sie Kunst in Frankreich, Grafik-Design in Mannheim und machte viele Reisen durch die ganze Welt.
Seit 1988 illustriert sie Bücher für Kinder und Erwachsene.

LESE KÖNIG

Die spannende Kinderbuchreihe

Marliese Arold
Sternschnuppe sucht ein Zuhause
Sternschnuppe reißt aus

Werner Färber
Mach doch endlich Sitz!

Cornelia Funke
Zottelkralle, das Erdmonster

Josef Carl Grund
Hi, der Poltergeist

Manfred Mai
Wir werden Meister!
Die Tigerbande

Ursel Scheffler
Ferien mit dem Taxi-Opa

Cordula Tollmien
Fliegende Büffel

Klaus-Peter Wolf
Treffpunkt Geisterstunde